Bibliografische Information der Deutschen Nationalbibliothek: Die Deutsche Nationalbibliothek verzeichnet diese Publikation in der Deutschen Nationalbibliografie. Detaillierte bibliografische Daten sind im Internet über http://dnb.d-nb.de abrufbar.

Copyright : Oktober 2018 - Wolfgang Pein

Herstellung und Verlag:

BoD – Books on Demand, In de Tarpen 42

D – 22848 Norderstedt - Germany –

ISBN Nr. 9783748128939

Wolfgang Pein

Drei Könige im Abendland - oder wie es dazu kam, dass sie im Jahr 2012 immer noch die Krippe suchten.

Untertitel :

vergnügliche Winter - Geschichten

zum **I n h a l t**:

Krippen-Suche ohne Navi

Auch wenn es meistens schwer fällt, irgendwann muss es einfach sein. Wenn man lange „gewohnt" hat, dann muss auch mal „ausgemistet" werden. Da heißt es nun – sorgsam abwägen, was man noch behalten will. So war es auch hier:

Die Bücherregale waren übervoll, Platz für Neues musste geschaffen werden. Es dauerte eine sehr lange Zeit, bis alle Bücher gesichtet waren, auf verschiedene Haufen verteilt - brauchbar, vielleicht noch brauchbar - kann wirklich weg!

Dabei fiel mir ein biblisches Buch in die Hände, aus dem ich noch nie gelesen hatte. Es war ein Buch aus den Beständen meiner Großeltern, ein schon sehr sehr altes Buch.

In diesem Buch befanden sich einige neue Blätter, die überhaupt nicht zum Titel des Buches passten, aber diese Aufzeichnungen machten mich neugierig.

Wer diese Seiten hinterlassen hat, das ist mir nicht ersichtlich. Das Buch wurde aber erst im Jahr 2013 durch diese Seiten ergänzt. Ich setzte mich und las – konnte nicht mehr aufhören, bis zum Ende der fast schier unglaublichen Geschichte.

Die Geschichte begann laut den Aufzeichnungs-Ergänzungen vor über 2000 Jahren. Zwar war auch damals schon sehr viel los auf der Welt, aber doch ganz anders, als dies heutzutage der Fall ist.

Es sollen damals drei Könige zusammen gekommen sein, um etwas gemeinsam zu unternehmen – sozusagen einen Betriebsausflug im königlichen Rahmen. Anlass dafür war eine Nachricht, dass ein weiterer König geboren werden sollte. Dem wollten die drei Könige huldigen, vielleicht aber auch nur erkunden, ob dies für sie eine Gefahr darstellt.

(Vermerk: **1.** Herodes war noch nicht anwesend. **2.** Es gibt keine Anhaltspunkte dafür, dass aus Huldigung das Wort Hooligans entstanden ist, obwohl auch diese einer Sache irgendwie huldigen.)

Die drei Könige, die später auch die „Drei Weisen aus dem Morgenland" genannt wurden, saßen lange zusammen und besprachen, was sie dem neuen König für Geschenke darbieten können. Schließlich hatten sie sich geeinigt. Die Geschenke sollen sein: Gold, Weihrauch und Myrrhe. Das Verhandeln darüber war sehr anstrengend gewesen, und die Könige legten sich darnieder, um wieder fit zu werden. Denn sie wussten ja nicht genau, wie lange ihre Reise dauern würde.

Damals wusste man überhaupt noch nicht all zu viel. Sicher, es gab kluge Gelehrte, vieles wurde geklärt und auch damals schon erfunden. Was aber in dieser Nacht geschah, als sich die drei Könige einfach nur ein wenig erholen wollten, darüber wird auch im 21. Jahrhundert noch heftig diskutiert.

Das neu ergänzte Papier hatte nur eine Erklärung dafür, dass aus den drei Königen sozusagen zwei Drillings-Königs-Paare wurden. Anders ist ja auch überhaupt nicht zu begreifen, wie sich die Geschichten damals und heute abgespielt haben.

Das neu ergänzte Papier ging davon aus, dass damals wohl ein Zeitsprung eingetreten sein musste, gleichzeitig mit dem Öffnen eines Parallel-Universums. Wie sonst konnten drei Menschen gleichzeitig zu verschiedenen Zeiten und an höchst unterschiedlichen Orten sein - Tausende von Jahren auseinander?

Aber das muss einfach so gewesen sein, denn die anliegenden Aufzeichnungen im Buch lassen keinen anderen Schluss zu. Es hat **zweimal** diese drei Könige gegeben – einmal im Morgenland und einmal 2012 hier bei uns im Abendland. Und nicht nur das – sie waren hier bei uns im Münsterland!

Als die drei Könige aus ihrem Erholungsschlaf erwachten, unternahm die - wie geschildert - e i n e Gruppe ihre Reise so, wie sie in den biblischen Berichten beschrieben wird.

Die zweite Gruppe der aufgespaltenen Könige erwachte in einer für sie völlig fremden Umgebung. „Zeitlich" waren sie aber sozusagen etwas vom Weg abgekommen– sie erwachten am 11. 11. 2012. Sie erwachten um 11.11 Uhr zwischen dem Domplatz und dem Prinzipalmarkt in Münster.

Wären da nicht so viele andere für sie fremde Dinge gewesen, sie hätten gar nicht auf die Idee kommen können, nicht bei sich zu Hause im Morgenland zu sein. Es kam ihnen zwar schon komisch vor, dass dort hunderte von Menschen in Kleidungen herum rannten, wie die Könige diese noch nie gesehen hatten. Aber es waren auch viele Menschen dort, die zumindest ähnliche Kleidung trugen. Die Könige konnten ja nicht wissen, dass gerade zu ihrer Ankunftszeit der Karneval in Münster proklamiert wurde.

Vielleicht war das auch gut so, dass dieses gerade um sie herum geschah. Wie sonst hätten sie sich erklären sollen? Wie sonst hätten sie sich überhaupt erklären sollen, die gehörte Sprache war ihnen völlig fremd - merkwürdig fremd.

Trotz der vielen ähnlichen Gewänder um sie herum fielen die Könige dennoch auf. Sie wurden vom Bürgermeister ins Rathaus gebeten und folgten, ohne zu wissen, was sie dort erwarten wird. Harmlos war die Aufforderung, denn dort fand eine Preisung des besten Kostüms statt. Die Hohen Herren im ehrwürdigen Hause, in dem schon der Westfälische Friede geschlossen wurde, waren sich ganz schnell einig, dass diese Könige die originellsten Kostüme trugen. Es sprang sogar ein Geldpreis heraus, und so bekamen die drei Könige ihre ersten Euros in die Hand. Außerdem war noch eine Übernachtung mit drin im 1. Preis. Die Könige bekamen Wein und Brot, und zum Glück für sie wurde damit erst einmal ihr inzwischen eingetretener Hunger und der entstandene Durst getilgt. Nach Abschluss der Kundgebung im Rathaus fuhr der Dienstwagen des Bürgermeisters die Drei in das Hotel, legten erst einmal - schon wieder erschöpft - die Beine hoch und überlegten, wie es weiter geht. Sie schliefen wieder so schnell ein, dass sie das Abendessen verpassten und erst am nächsten Tag erwachten. Die drei Könige, die in ihren eigenen königlichen Kleidern immer noch wie Karneval-Rummel aussahen, stellten fest, dass jetzt die Menschen im Hotel andere Kleidung trugen, als gestern noch auf dem Rathausplatz.

Da war guter Rat teuer. Was sollten sie nun machen, damit ihre Mission „Sternensuche über einer Krippe" nicht scheitert? Inzwischen hatten sie gemerkt, dass mit ihnen und der Zeit etwas passiert war. Zu ihrem Glück fand im Hotel gerade eine wissenschaftliche Tagung statt. Diese befasste sich mit alten Sprachen. Welch ein wunderlicher Zufall. Einer der drei Könige – es ist nicht ersichtlich welcher es war – passte einen der Tagungs-Teilnehmer ab und sprach ihn an.

Der war höchst verwundert. Nicht nur darüber, dass er in einer heutzutage ungebräuchlichen Sprache angesprochen wurde – nein, auch die Gewänder des Königs brachten ihn in Verlegenheit. Der Professor, wie es sich herausstellte, dachte, dass dies mit der Tagung zu tun hat und man sich das von der Leitung ausdachte, um dem Rahmen der Tagung ein antikes Flair zu geben.

So brauchte sich der König nicht zu erkennen geben, konnte dem Professor einige Fragen stellen, ohne sich, seine Partnerkönige und die eigentliche Mission zu verraten.

Kopfschüttelnd schlurfte der Professor in den Tagungsraum zurück. Zufrieden stieg der König die Treppe hoch und berichtete, was er erfahren hatte.

Die drei Könige berieten sich über ihre weitere Vorgehensweise. Sie hatten gewaltige Probleme. Wie kamen sie hierher? Warum hatte sich die Welt um sie herum so drastisch verändert? Warum gab es außer dem Palast (dem Rathaus !!!) noch so viele weitere große Häuser? Wie sollten sie ihre Suche fortsetzen, wenn sie überall wegen ihrer Kleidung auffielen? Und wo sollten sie suchen?

Die Wahl fiel auf den jüngsten König, dem der Auftrag erteilt wurde, sich mit dem Euro-Preisgeld Kleidung zu kaufen, mit der man nicht mehr in den Menschen-Mengen auffällt. Die Euros würden wohl dafür reichen, zumindest für die oberflächlich anfallende Kleidung. Ihre eigenen Sachen konnten sie darunter ja weiter tragen.

Der Verkäufer der Textilabteilung eines großen Kaufhauses war sehr erstaunt, wen er da in so auffälliger Kleidung vor sich hatte. Die Kunden staunten nicht minder. Aber als dann einer von denen rief: „Leute, der ist wohl noch von der Karnevaleröffnung übrig geblieben!", da war die Sache entschärft. Der König fand Hose, Hemd, einen Mantel und auch die passenden Schuhe. Mit den Euros kam er gerade so über die Runden. Seine eigenen Sachen nahm er natürlich mit und traf wieder bei seinen Freunden im Hotelzimmer ein.

Die beiden anderen Könige staunten nicht schlecht, als sie ihren Partner in seinen neuen Klamotten sahen. „Gut", dachten sie, „so könnte es gehen. Wenn wir alle so aussehen, fallen wir nicht mehr auf, wenn wir nur vorsichtig genug sind."

Derjenige König, der schon dem Professor der Tagung begegnet war, begab sich wieder hinunter, wo die Konferenzräume lagen. Er wartete ab, bis der alte Herr auf dem Flur erschien und sprach ihn an. Bereitwillig gab der Professor Auskunft darüber, wer im Hotel, das mehrere Räume dafür besaß, so alles tagte und über welche Themen. Der König hörte erstmalig von Rechten für die Frauen und dass es darüber sogar Tagungen gibt. Er erfuhr, dass gerade hier in Münster sehr viele Behörden ansässig sind - davon auch welche, welche die Beteiligung von Frauen sehr ernst nehmen und es sogar überall Frauenbeauftragte gibt. „Schon - wenn man auch nur eine kleine Gruppe ist, da muss unbedingt eine Frau dabei sein!", sagte der Professor.

Nun ja, Behörden kannte der König schon, zum Beispiel die für eine Volkszählung. Von den soeben erfahrenen Frauenrechten hatte er ja keine Ahnung. „Das muss erst einmal beraten werden", dachte er und ging zu seinen Freunden zurück.

Diese erwarteten ihn schon ungeduldig, denn sie fühlten sich im Hotelzimmer eingesperrt. Lange berieten sie über die neuen Details, die diese Zeit so mit sich brachte.   Doch nach und nach konnten sie alles klären.

Allerdings hatten sie sich besonders lange mit dem Thema der „Frauenrechte" befasst.   Da sie auf keinen Fall auffallen wollten, beschlossen sie, den Rat des Professors unbedingt zu befolgen. „Einer (eine) von ihnen musste jetzt eine Frau sein!"

Der jüngste König, der sich ja inzwischen mit den Textilien des Abendlandes auskannte, wurde erneut los geschickt.   Diesmal musste er die Kleidung für die beiden anderen Könige kaufen.   Dafür musste er dann natürlich auch in die Damenbekleidungs-Abteilung – für das „neue Mädel" in ihrer Mitte.

Er war klitsch-nass am ganzen Körper, als er das Kaufhaus verließ - schweiß-tropfend fast eine Spur durch Münster legte und mit letzter Kraft die Treppe im Hotel hinauf stieg, wo er seine Bekleidung von sich warf und ein dringend benötigtes Bad nahm.

Als er einigermaßen erfrischt wieder aus dem Bad erschien, stand nun das Thema an „Wer ist die Frau?" von uns.

Es meldete sich keiner freiwillig, was auch zu vermuten war. Mit so einer Rolle kannte sich schließlich keiner von ihnen aus.

Nach einigem „hin und her" fassten sie den Entschluss, dieses Problem durch ein uraltes Spiel zu lösen. Sie spielten „ Schere, Stein, Papier ". Die Wahl fiel auf den jüngsten König.

Nun konnte ihre Mission eigentlich fortgesetzt werden, aber ein Plan musste dennoch her.

Hier mitten in der großen Stadt kann man bestimmt keinen Stern erkennen, der ihnen den Weg zu der besagten Krippe zeigen soll. Also – die drei Könige teilten sich auf.

Die von ihnen auserkorene „Frau" wurde beauftragt, dennoch hier in Münster zu forschen und Erkundigungen einzuholen, die ihnen allen hoffentlich den angestrebten Erfolg bringt.

Und wie der Zufall es will - in ihrem Hotel fand heute eine Zusammenkunft statt, bei der es um die schutzwürdigen Rechte der Kinder und Frauen geht.

Guten Mutes mischte sich nun „Frau" Königin unter die Teilnehmer, bemerkte aber sofort, wie sie die Blicke der anderen auf sich zog, obwohl Münster als eine ziemlich emanzipierte Stadt bekannt ist.

Bis man die Tagungspunkte für heute verabschiedet hatte und mit dem ersten Thema davon beginnen konnte, vergingen Stunden. Unsere „Frau" Königin verstand absolut gar nichts und war ein paar Mal versucht, aufzustehen und zu verschwinden.

Tapfer hielt sie durch und verließ erst am frühen Abend dennoch den Saal, als man sich dort beim Thema „Wäre Jesus lieber in eine Gesamtschule oder in eine Waldorfschule gegangen?" nicht einigen konnte und eine solche auch nicht in Sicht war.

Wie aber erging es den anderen beiden Königen?

Der eine war aus der Stadt hinaus in eine Gegend gegangen, wo nicht so viele Lichter den Blick auf die Sterne versperrten. Da allen Königen nicht bewusst war, dass jetzt und hier noch gar nicht die Zeit gekommen war, dass in „ihrer Zeit" ein bestimmter Stern erscheinen soll, hielt dieser König also weiterhin Ausschau. Sie konnten ja nicht wissen, dass sich der Zeitsprung, der diese Misere verursachte, um so einige Wochen vertan hatte.

Da – in weiter Ferne - da war doch etwas, was heller, als die Umgebung leuchtete - **ein Stern!**

Der König schritt darauf zu. Der Stern blieb sichtbar, als ob er wirklich den Weg weisen wollte. Das war auch so, aber anders gemeint. Abrupt blieb der König stehen, blieb enttäuscht stehen. Der Wald hatte ihm die weitere Sicht versperrt, und außerdem hatte er ja nur den Blick und Sinn für den Stern gehabt. Jetzt erkannte der König, dass hinter dem Wald und direkt unter dem Stern ein großes Gebäude stand - nein, dort standen gleich mehrere Gebäude. Als der König noch auf dem Weg dorthin war, da sah er ein Licht am Himmel, das sich zur Erde hin bewegte. Der König erkannte, dass auch dieses sich bewegende Himmelslicht kein Stern oder dergleichen war. Das Licht war auf dem Boden angekommen, und es brannte noch immer. Jedoch war es weit entfernt von einem Sternenlicht. Es war der Frontscheinwerfer eines Flugzeugs, das am unmittelbar an einem der Gebäude angrenzenden Rollfeld gelandet war. Fassungslos starrte der König dieses Teil an; er konnte ja nicht wissen, was da vor ihm stand. Wie sollte er auch, Flugzeuge waren in seiner realen Welt auch Mangelware. Der Stern entpuppte sich als ein großes Licht auf dem Dach eines Gebäudes – wenn auch in Form eines Sterns. Es war der Michelin - Stern des dortigen bekannten und sehr empfehlenswerten Restaurants.

Also – schon wieder Fehlanzeige. Blieb nur noch der dritte König. Der wollte ebenfalls aus der erleuchteten Stadt hinaus – wegen der Sicht. Da er noch nicht ganz so entschlossen war, in welche Richtung er gehen soll und wie weit, verweilte er am Straßenrand und überlegte. Unvorbereitet hielt ein Auto an, der Fahrer öffnete die Beifahrertür und winkte ihm zu. Der König stieg ein. Die Verständigung zwischen ihm und dem Fahrer kam nicht zustande, und so fuhr der König eine ganze Weile mit. Als es ihm mulmig wurde, dass er zu weit weg von Münster kommt, deutete der dem Fahrer durch Gesten an, dass dieser anhalten soll, was der dann auch tat.

Es war dunkel, die Umgebung fremd, wo war er ? Der König schaute sich um und sah in einer annehmbaren Entfernung Lichter. Er schritt darauf zu. Je näher er kam, so hörte er nicht nur Stimmen und laute Musik. Er hörte auch das laute Määähhh von Schafen. „Gut", dachte er, „Schafe gehören zu einer Krippe. Vielleicht bin ich ja doch auf dem besten Wege, diese zu finden."

Die Lichter gehörten zur „Burg Vischering". Dort fand gerade lautstark ein Mittelalter-Fest zum 30. Geburtstag einer jungen Frau statt.

Das wusste der König zwar nicht, war aber zunächst irritiert, weil alle dort Kleidung trugen, die nicht in die Stadt passten. Auch vermisste der König die Schafe, und eine Krippe gab es dort auch nicht. Hellhörig wurde er, als er die Worte vernahm „Du hast wohl die Krippe voll", merkte aber schnell, dass dies eine andere Bedeutung haben muss. Schafe und Krippe waren auch in den anderen Räumen nicht zu finden.

Die ganze Angelegenheit war nicht der gesuchte Ort. Mit einem sehr und rein früh-christlichem Fest hatte dies alles wohl nichts zu tun.

Der König wurde höflich aufgefordert, Platz zu nehmen. Den wunderte es, dass manche der dortigen Menschen auch Kronen trugen, allerdings nur aus Papier. „Sind das etwa verarmte Edelleute?", dachte er bei sich. Aber die Gastgeber waren sehr freundlich zu ihm. Der König wurde königlich bewirtet. Brot und Braten gab es, und der Krug mit Wein wurde niemals leer. Denn dafür sorgten immer wieder zwischendurch die lautstark gerufenen Sprüche „halb „voll und „ganz leer". Dann kamen Bedienstete, die alles wieder auffüllten. Es war ein lustiger Abend, den der König wirklich genoss.

Nur sprechen konnte er mit keinem der anderen Anwesenden – er verstand sie nicht und sie nicht ihn. Als das Fest zu Ende ging und alle die Burg verließen, stand auch der König davor. Er bemerkte, dass ihn die anderen Gäste etwas fragen oder mitteilen wollten. Er dachte zu verstehen, dass sie fragten, wohin er nun will.

Das Wort Münster war das einzige, was ihm einfiel. Da nickten ein paar der Gäste, öffneten ihre Autotüren, und weil er dies ja schon kannte, stieg der König ein und wurde bis nach Münster gefahren. Da er einen sehr guten Orientierungs-Sinn besaß, fand er sogar sein Hotel wieder, wo die anderen beiden schon auf ihn warteten. Die beiden trugen noch die Kleidung von Mann und Frau der Stadtmenschen.

Die drei Könige schilderten sich gegenseitig ihre Erlebnisse. Sie hatten die Krippe nicht gefunden. Sie waren sich einig, dass sie nicht in diese Zeit passen. Diese Zeit ist ihnen einfach zu hektisch. Alle waren sehr müde, legten sich schlafen, und in dieser Nacht schlug ein weiterer Zeitsprung zu, der sie alle in ihre eigene wirkliche Zeit zurück brachte.

W i e   haben die Könige wohl erklärt, wo sie waren und warum sie fremdartige Kleidung tragen ?

Und – warum trägt einer von ihnen Frauen-Kleider?

Schade, darüber gibt es keine erkennbaren Aufzeichnungen, jedenfalls sind mir keine bekannt.

Eines sei aber auch noch gesagt:

Zumindest sehr irritiert werden ihre Zeitgenossen sein, wenn die Könige berichten, dass die Menschen in der Zukunft mit sich selbst reden, ohne dass andere Gesprächspartner ersichtlich anwesend sind. Oder dass sie auf ihre Hände schauen und mit denen reden – oder sich andauernd mit ihren Fingern in die Hand tippen.

Vielleicht fragt ja jemand nach, ob es möglich ist, dass, wenn keine Esel mehr die Wagen ziehen, diese in der Zukunft in denen sitzen, die von den Menschen dann Autos genannt werden.

Nachtrag:

Als die drei Könige am nächsten Tag nicht mehr in ihrem Hotel aufzufinden waren – einfach verschwunden, da rief der Hotel - Chef die Polizei.

Denn die Rechnung für den „weiteren" kostenpflichtigen Tag im luxuriösen Hotelzimmer war noch nicht bezahlt.

Völlig überrascht stellte die Polizei jedoch fest, dass sich im Schrank drei kleine Kästchen befanden - mit einigen Goldstücken, mit Weihrauch und Myrrhe. Um gewöhnliche Zechpreller konnte es sich hier dann wohl nicht handeln.

Nach Ablauf der Asservierungs-Lager-Frist bei der Polizeibehörde wurden die Goldstücke bei einer Bank eingelöst, das Hotel davon bezahlt. Weihrauch und Myrrhe wurden dem Bistum Münster übergeben, da dies wohl dort gut aufgehoben ist.

Die drei Kästchen liegen noch heute in der Dom-Schatz - Kammer im Dom zu Münster in Westfalen.

Und dieser Kästchen-Schatz soll demnächst auf eine Ausstellungs-Reise gehen. Zum Beispiel wird er dann im wirklich sehenswerten Dom von Schleswig zu sehen sein.

Nun ja,   i c h

hätte ihnen den Weg zeigen können.

Schließlich war vor ganz vielen Jahren

einer meiner Vorfahren selbst dort anwesend.

Aber mich fragt ja keiner.

Die „folgende" Geschichte mit den Elchen

stammt im Ursprung bereits aus dem Jahre 1994.

Damals waren wir mit unseren Schweizer
Trauzeugen Beatrice und Karl
mit dem Wohnmobil in Norwegen.

Irgendwann war es soweit, dass Beatrice fragte,

ob ich wohl eine Gute-Nacht-Geschichte

erzählen kann.

Nun, wir waren in Norwegen, wo es viele Elche gibt,

und so ergab es sich, dass

die 1. Gute-Nacht-Geschichte von Elchen handelte.

Hier ist die Geschichte in nun neu-gefasster Form,

damit sie auch für   a l l e   verständlich ist.

Der erste Skispringer war ein Elch

Diese Geschichte spielt hoch im Norden Europas.

Weihnachten nahte und die Vorbereitungen liefen auf Hochtouren. Der Weihnachtsmann war schon sehr alt. Wie alt, das wusste er selbst nicht einmal mehr. Eine Umrechnungs-Tabelle wie von der D-Mark zum Euro, die gab es für solche Fälle nicht, zumindest nicht bei Menschen.

Aber dass er älter geworden war, das merkte er an seinen Knochen, die mit den Jahren müder geworden waren. Ursprünglich hatte er am Nordpol gewohnt. Aber mit dem Alter hatte er das Gefühl bekommen, dass diese große dauernde Kälte dort oben nicht mehr gut für ihn ist.

So war er etwas tiefer gezogen – nach Norwegen. Da war es immer noch etwas kälter als an vielen anderen Orten in der Welt, zumindest im Winter, doch anders als am   Nordpol konnte er es dort noch wesentlich besser aushalten.

Der Weihnachtsmann wohnte jetzt schon ein paar Jahre in Norwegen und hatte besondere Freundschaft mit einem schon sehr alten Mönch geschlossen, der in der Eismeerkathedrale wohnte.

Und Freunde nannte er auch eine große Anzahl Rentiere, die ihm immer und auch gerade zur Weihnachtszeit halfen, die Geschenke zu verteilen.

In diesem Jahr saß der Weihnachtsmann vor einem riesigen Haufen Geschenke und dachte nach. Er hatte ein sehr großes Problem. In der Rentierherde war eine ansteckende Krankheit ausgebrochen, die alle Tiere erwischt hatte. Wer sollte denn jetzt den supergroßen und schweren Schlitten ziehen? Als er noch einmal nach der Herde sah, bemerkte er einen ziemlich jungen Elch, der auch dort war und der gar nicht so krank aussah, wie die Rentiere.

Der Weihnachtsmann sprach ihn an und Haraldi, so hieß der junge Elch, verstand die Not und war auch sofort bereit zu helfen.

Die Geschenke hatte der Weihnachtsmann in der Eismeerkathedrale bei seinem Freund, dem alten Mönch, aufbewahren lassen. Von dort aus sollte es los gehen und die Verteilung beginnen.

Auch der alte Mönch hörte natürlich von den Problemen des Weihnachtsmannes. Auch wenn es ihm schwer fiel und auch ihn das Rheuma quälte, er versprach, zu helfen, auch wenn es für ihn das letzte Mal sein würde, dies noch einmal zu schaffen.

Jetzt waren die Geschenke-Verteiler also zu dritt. Das war eine sehr schwere Aufgabe, denn ansonsten zogen mindestens vier oder mehr Rentiere den schweren Schlitten.

Der alte Mönch hatte viele Heilmittel in seiner Apotheke in der Eismeerkathedrale. Darunter waren auch Säfte, die für einige Zeit den Körper stark machen können. Solch einen Saft gab er auch dem Weihnachtsmann. Der junge Elch schien genügend Kraft zu haben, denn er sprang herum und freute sich auf die für ihn neue Aufgabe.

So schoben und zogen diese drei den Schlitten südwärts und stundenlang ging auch alles gut aus. Da geschah es, dass sie in die Gegend von Lillehammer kamen. Dieser Ort liegt schon wesentlich weiter im Süden von Norwegen, als die drei oben im Norden gestartet waren.

Der alte Mönch hatte alles gegeben, was er an Kraft noch aufzubieten hatte. Sein Spezialsaft war auch zu Ende gegangen, und neuen konnte er unterwegs nicht herstellen.

Als die drei an einer sehr alten Stabkirche vorbei kamen, da war an ein Weitergehen für den Mönch nicht mehr zu denken. Er war am Ende seiner Kraft.

Als die drei da so vor der Stabkirche standen und überlegten, wie es nun weiter gehen kann, da kamen Bewohner aus den umliegenden Dörfern zu ihnen. Diese Menschen dachten, dass sie einen neuen Prediger bekommen, denn der alte Kirchen-Mann war schon vor Monaten gestorben. Die frommen Gemeinden hatten keinen Seelsorger mehr.

Der Weihnachtsmann sagte: „Nun, wenn wir hier auch erst einmal am Ende unseres Weges sind, denn der junge Elch und ich können den Schlitten niemals allein weiter ziehen, da sehe ich doch eine Chance für dich, mein Freund Mönch."

Der alte Mönch war sehr klug und ahnte auch sofort, was der Weihnachtsmann damit meinte. So bekamen die Dörfer rund um die Stabkirche herum einen neuen Prediger. Der alte Mönch blieb dort und hatte eine neue Aufgabe.

Die Menschen der umliegenden Dörfer versprachen, als Gegenleistung dem Weihnachtsmann und dem jungen Elch beim Weitertransport der Geschenke zu helfen. „Wir brauchen aber einen Tag, um dies alles zu organisieren." sagten sie. Auch dem Elch und dem Weihnachtsmann war es recht, sich einen Tag und eine Nacht lang auszuruhen.

Anscheinend hatte der junge Elch aber noch immer zu viel Kraft, denn er machte noch einen Ausflug in die nahen Wälder rings herum. Dort rannte er durch den hohen Schnee und schmiss mit seinem Geweih den Schnee hoch in die Luft.

Elch Haraldi kam an eine Stelle, wo viele Bäume gefällt worden waren. Einige Stämme lagen schon von der Rinde geschält herum. Andere Stämme waren schon zerteilt, in kleine und große Bretter. Einige Bretter waren schon von allen Seiten ganz glatt, andere hatten nur eine glatte Seite, und auf der anderen Seite waren noch Äste und Zweige.

Einige Bretter waren schon einen Abhang hinunter gerutscht, denn hier war der Waldboden schon ganz schön schief. Das bekam Haraldi zu spüren, als er zwischen den Brettern herum lief. Eines der schon halb glatten Bretter hatte er gerade unter seinen Hufen, als sich das Brett in Bewegung setzte.

Haraldi konnte sich gerade noch an dem am Brett noch aufragenden Ast fest halten. Aber das Brett wurde immer schneller, denn das Gelände wurde steiler und steiler. Haraldi sauste abwärts, bis der Boden unter ihm und dem Brett zu Ende war.

Haraldi flog mit seinem Brett unter den Hufen durch die Luft, viele Meter weit. Es ging ab wie die Post.

Ein heftiger Wind von unten hielt ihn lange in der Luft. Und da Haraldi noch ein leichtes Gewicht hatte, flog er immer weiter - flog und flog.

Als Haraldi zum Glück im hohen Schnee landete und alles an ihm noch heil und in Ordnung war, da wusste er nicht mehr wo er war. Er war doch einfach nur mit dem Weihnachtsmann daher getrottet, ohne auf den Weg oder die Richtungen zu achten. Jetzt war er aber ganz allein im Wald. Haraldi wusste im Augenblick gar nichts mehr. Er wusste auch nicht, dass er der „erste Skispringer" geworden war – woher auch.

Inzwischen waren ein paar Stunden vergangen. Der Weihnachtsmann und die Menschen rund um die Stabkirche herum machten sich Sorgen. Wo war denn nur Haraldi abgeblieben? Hatte er sich etwa verlaufen? Dass ein Elch sich verläuft, das hatten die Menschen noch nie gehört. Aber es gibt da ein Gesetz – „Murphys-Gesetz". Und danach gibt es nichts, was es nicht gibt. (Dieses Gesetz soll es wirklich geben!)

Die Menschen sagten: „Weihnachtsmann, du und der Mönch seid doch schon zu alt, um noch im Wald herumzulaufen und zu suchen. Es könnte doch dort auch gefährlich werden, und die Menschen brauchen Euch doch noch ganz dringend."

Dieses sahen der Mönch und der Weihnachtsmann auch ein, und so zogen einige Menschen in den Wald, um Haraldi zu suchen. Stunden später kamen sie traurig zurück. Sie hatten den Elch nicht gefunden.

Der älteste aus einem Dorf in der Nähe konnte sich an eine Begebenheit erinnern, die sich die Menschen seit Jahrhunderten erzählten. „Kommst Du einmal in große Not, so schließe die Augen und denke ganz stark an Hilfe! Dann wird auch Hilfe kommen!"

Der Dorfälteste machte das auch, und die anderen Menschen schauten und hofften, dass etwas passieren wird, was ihnen helfen kann.

Auf einmal war ein merkwürdiges Gebilde mitten auf dem Platz vor der Kirche erschienen – eine Säule. Dort gab es zwar nicht die Aufschrift ADAC, aber obenauf war ein Schild auf dem stand: Elch- Notruf.

Für normale Menschen ist diese Säule nicht zu sehen, aber wer ganz fest daran glaubt und ganz verzweifelt mitten im Wald steht, dem wird geholfen.

An der Säule befand sich eine Klappe. Diese hob der Dorfälteste hoch und las ein Schild, das ihm sagte, er solle seinen Wunsch sagen.

Der Dorfälteste machte das und sprach hinein, dass sich hier alle Sorgen um den jungen Elch Haraldi machen, der einfach verschwunden und nicht mehr aufzufinden ist.

Alle, die um die Säule herum standen, hörten eine Stimme: „Wir helfen – wir kommen."

Nur ein paar Minuten später war ein Geräusch im Wald zu hören. Die Menschen dachten schon, dass jetzt Haraldi angesaust kommt. Aber das war es nicht, was das Geräusch verursachte.

Der Wald rauschte richtig und wer es nicht mit eigenen Augen sah, der hätte es sich auch gar nicht vorstellen können.

Eine lebende Legende kam durch den Wald gesaust. Und sie waren so schnell, weil sie Bretter unter den Füßen hatten. Die Geschichte schreibt über sie, dass die Birkebeiner die ersten Skifahrer waren und sie wirklich in Norwegen gelebt haben.

Die Birkebeiner teilten sich auf und fuhren in alle Richtungen davon. Sie kamen auch an den Platz, wo die Bäume gefällt lagen. Sie sahen auch die Spur, die plötzlich in der Luft am Abhang endete.

Die Birkebeiner kletterten den Abhang hinunter und sahen unten die Spur, die Haraldi hinterlassen hatte, um den Weg zurück zum Weihnachtsmann an der Stabkirche zu suchen.

Haraldi hatte nach der Landung sein Brett unter den Füßen verloren, aber die Birkebeiner hatten ihre noch fest unter den Füßen unter geschnallt. So hatten sie Haraldi sehr schnell eingeholt. Sie zeigten dem Elch, der sehr froh war, dass man ihn gefunden hatte, den Weg zurück zur Stabkirche.

Kurz davor verabschiedeten sich die Birkebeiner von Haraldi. Sie sind ein sehr scheues Volk und möchten eigentlich nicht gesehen werden. Daher kommt es, dass wirklich noch kein Mensch diese Helfer auf ihren Skiern gesehen hat.

Haraldi berichtete aber genau, was geschehen war und wer ihm geholfen hatte. Die Säule war inzwischen wieder verschwunden.

Keiner hat dies damals aufgeschrieben und so kommt es, dass niemand weiß, dass der Elch Haraldi aus Norwegen der erste Skispringer war.

Hier folgt die Geschichte

von einem kleinen Elch,

der so gerne Ski fuhr.

Wer hilft dem kleinen Elch,

damit er weiter Ski fahren kann ?

Es war einmal ein kleiner Elch in Norwegen. Das ist ein Land im Norden, wo meistens immer mehr Schnee liegt, als bei uns hier. Der kleine Elch hatte großen Spaß daran, auf selbst gebauten glatten Brettern den Berg hinunter zu sausen, wenn es genug geschneit hatte.

In Norwegen liegt in jedem Jahr viel Schnee und der kleine Elch hatte sich gefreut, als er an einem Morgen aus dem Fenster schaute und alles weiß war – es hatte dicke Flocken geschneit.

Und da es in Norwegen auch meistens viel kälter als in vielen anderen Ländern ist, war der Schnee auch nicht geschmolzen, sondern liegen geblieben, als der kleine Elch nach dem Frühstück aus dem Haus kam.   Das ging nun schon einige Jahre so.

Der kleine Elch freute sich schon immer auf diese Zeit mit viel Schnee, die jetzt auch bald wieder kommen würde. Eines Tages aber wachte er auf und sah große Maschinen vor dem Haus. Viele Tage und Wochen vergingen, und viele Menschen arbeiteten an seltsamen Sachen. Auch die Wiesen vor dem Haus veränderten sich. Die Menschen bauten einen Ski-Hang für Skifahrer, mit Liftanlagen, um die Menschen, die Ski fahren wollten, in Sesseln den Berg hoch zu ziehen, um dann wieder hinunter zu sausen.

Das allein wäre ja nicht so schlimm gewesen. Wenn die Menschen dann am späten Nachmittag wieder zu Hause wären, dann hätte unser kleiner Elch ja immer noch Ski fahren können.

Aber **w a s** war denn das ? **Ein Schild** ?

Also - **auf dem Schild stand:**

Es ist ab sofort v e r b o t e n ,

ohne gültige Liftkarte hier Ski zu fahren!

Diese Karten können unten

am Sessel-Lift-Haus gekauft werden.

Der Skilift-Besitzer !

Der kleine Elch kam sehr traurig wieder ins Haus und erzählte seinen Eltern, was draußen auf dem Schild stand. Auch Mama und Papa des kleinen Elchs waren traurig und schüttelten ihre Köpfe.

Papa Elch rief wütend: „Was die Menschen sich so alles erlauben. Schließlich wohnen wir Elche schon seit so vielen Jahren hier in den Wäldern!"

Und Mama Elch sagte traurig: „Und nie hat man gewagt, uns zu verbieten Ski zu laufen. Es ist keine schöne Zeit mehr hier in den Wäldern, wo immer wieder etwas gebaut und unsere Heimat verändert wird."

In diesem Jahr fuhren die Elche also nicht mehr auf ihren Brettern den Berg hinunter. Zu groß war die Angst, was passieren würde, wenn die Menschen sie dabei sehen. Vielleicht würden die Elche dann ganz weit weg gebracht – das wäre sehr schlimm für die Elche.

Dann kam das nächste Jahr und auch der nächste Winter. Traurig schaute der kleine Elch jeden Tag immer wieder auf die Menschen, die mit dem Sessellift den Berg hinauf kamen und anschließend auf ihren Brettern wieder hinunter sausten. Der kleine Elch hatte so große Sehnsucht, dies auch wieder zu dürfen. Aber Mama und Papa hatten das verboten, wegen dem Schild und der Gefahr, dass man die Elche sonst verjagen könnte.

.Mehrere Tage lang hatte es sehr viel geschneit, viel mehr, als sonst in den Jahren davor. Den Menschen machte das nichts aus. Jeden Tag kamen sie weiter den Berg hoch und hatten ihren Spaß. Dann geschah das große Unglück!

Wenn mal ganz viel Schnee von mehreren Tagen aufeinander liegt, dann kann der Schnee auch schon mal ins Rutschen kommen - das nennt man dann eine Lawine, wenn ganz viel Schnee den Berg hinunter saust.

Und das passierte auch hier an diesem Berg. Eigentlich geschah es nicht direkt auf der Skiabfahrt, sondern ein paar Meter daneben im tiefen Schnee, wo man auch gar nicht fahren darf. Aber immer wieder gibt es Menschen, die sich nicht darum kümmern und einfach mitten durch den Wald fahren, was sehr gefährlich ist!"

Und unser kleiner Elch hatte das alles gesehen, was passiert war und sofort erkannt, dass hier Menschen in höchster Gefahr waren. Sofort rannte er so schnell er konnte in den Wald, wo die Lawine war und auch die Menschen, die unter dem Schnee lagen."

Der kleine Elch hatte schon ziemlich große Schaufeln. Damit grub er im Schnee, den er auf die Seite schaufelte. Er machte das aber sehr vorsichtig, damit kein Mensch unter dem Schnee verletzt wurde. Schließlich hatte er den ersten Skifahrer ausgegraben und machte sich auf die Suche nach einem weiteren Verschütteten unter dem Schnee. Dann hatten auch andere Menschen gemerkt, dass etwas passiert war. Es kamen mehrere mit Schaufeln angerannt, um zu helfen.

Da hatte unser kleiner Elch aber schon den dritten Menschen aus dem Schnee ausgegraben und befreit. Das hatten die Menschen gesehen.

Der Chef der Bergwacht, dessen Männer und Frauen für Rettungen zuständig sind, lobte den kleinen Elch und ernannte ihn zum „Helden des Berges". Der kleine Elch und seine Familie dürfen, so versprach der Chef, für immer dort wohnen – solange wie wollen.

Auch der Skilift-Besitzer war sehr froh, dass diese ganze Sache so gut ausgegangen war und versprach, dass die Elche immer fahren können, wann sie nur Lust dazu haben - und ganz umsonst und ohne Liftkarte sowieso.

Elch – Ski-Gebiet

Die kleine Schneeflocke

und ihre Angst vor dem Fall

Es war einmal eine Schneeflocke, die war gerade erst geboren, noch ganz klein und hatte von der Welt noch nichts gesehen und gehört. Die Schneeflocke saß hoch oben im Himmel auf einer Wolke und sah zum allerersten Mal hinunter auf die Erde. Nur hier hoch oben konnte sie sein, denn dort sehr oben ist es sehr kalt.

Eine schon ältere Schneeflocke, die auf die kleinen Flocken aufpasste setzte sich neben sie und gab ihr ein paar gute Ratschläge.

„Weißt du, kleine Schneeflocke", sagte sie. „Hier oben bist du geboren. Hier oben ist es kalt genug, damit du hier leben kannst. Aber es ist nicht so, dass du dein ganzes Leben hier oben verbringen wirst. Nein – du bist dazu bestimmt, hinunter auf die Erde zu fallen und für den Winter zu sorgen, zu dem Eis und Schnee gehören. Keine Angst, du wirst nicht allein dorthin gehen. Ganz viele Brüder und Schwestern, die alle in diesem Jahr geboren wurden, werden dich auf die Erde begleiten."

Die kleine Schneeflocke schaute erstaunt und fragte: „Muss ich wirklich keine Angst haben? Es ist doch so furchtbar tief von oben nach unten."

„Schneeflocken sind doch dazu bestimmt, auf die Erde zu fallen, wie ich dir schon sagte. Du tust dir dabei ganz bestimmt nicht weh. Wir Flocken kennen keine Schmerzen, als wenn die Menschen von etwas herunter fallen und sich einen Arm oder sonst etwas brechen würden."

Die kleine Schneeflocke hatte trotzdem wirklich noch etwas Angst. Das war keine Angst vor dem Fallen, sondern sie machte sich Gedanken, dass ihr auf der Erde etwas passieren kann.

„Was soll dir denn passieren?" fragte die ältere Schneeflocke. „Die Menschen und besonders die Kinder freuen sich doch sehr, wenn die Flocken auf die Erde fallen. Da können sie doch zum Beispiel Schlitten fahren. Auch können sie dann Schneemänner bauen. Daran haben sie sicher ganz viel Spaß. Und wir Schneeflocken sind der Grund, dass sie auch diesen Spaß haben können. Das ist doch eine sehr schöne Aufgabe für uns."

Die kleine Schneeflocke hatte immer noch etwas Angst. Und sie erklärte auch, warum das so war. Sie hatte Angst, auf die Erde zu fallen und dort auf einer Straße von einem Auto überfahren zu werden.

Auch hatte ihr jemand Geschichten erzählt, dass dort auf der Erde Salz lauern und die Flocke sofort zerstören würde. Und wenn es unten auf der Erde zu warm ist, dann löst sie sich auch sofort auf. Das hätte sie einmal so gehört.

„Willst du dann lieber hier oben bleiben", sagte die ältere Schneeflocke, „damit dir nichts auf der Erde passiert?"

„Nein, dann werde ich eben zur Erde schweben. Es ist ja – wie du sagst - eben meine Bestimmung. Und du sagtest ja selbst, dass man sich auf der Erde sehr freut, wenn die Flocken fallen und man mit Schnee so tolle Sachen machen kann. Dann will auch ich mithelfen, unten Freude zu verbreiten."

Aber bevor die kleine Schneeflocke auf die Erde herunter fiel, hatte sie noch ein sehr schönes Erlebnis dort hoch oben im Himmel.

Die kleine Schneeflocke sah auf einmal etwas durch den Himmel schweben. Es waren seltsame Formen, und auch konnte man manchmal Farben erkennen, die dann ganz schnell wieder verschwanden - und weg waren sie.

„Was ist denn das?", hatte die kleine Schneeflocke die größeren und schon älteren Flocken gefragt. „Habt ihr das auch gesehen?"

„Sicher", hatten die Flocken geantwortet. „Das ist die Eiskönigin, die dort durch den Himmel fliegt. Sicher ist sie auf einer Reise."

„Und warum sehe ich keine Königin, und warum sehe ich manchmal Farben, die verschwinden und an anderen Stellen wieder auftauchen?", fragte die kleine Schneeflocke.

„Das können wir dir wohl sagen", antworteten die älteren Flocken. „Die Eiskönigin kannst du nicht sehen, weil sie von niemandem gesehen werden will. Schon gar nicht will sie von den Menschen unten auf der Erde gesehen werden, wenn die zum Himmel hinauf schauen. Die Menschen sehen nur manchmal diese Farben am Himmel, und das sehen sie auch nur hoch im Norden."

„Warum kann man denn Farben sehen?",
fragte die kleine Schneeflocke ihre großen
Geschwister.

„Die Eiskönigin kann man nicht sehen, das sagten
wir dir ja schon, aber sie hat auch Prinzessinnen,
und die kann man sehen", sprachen die Flocken und
kicherten merkwürdig dabei.

„Du kannst sie aber nur dann sehen oder eigentlich
nur als Farben, wenn sie durch den Himmel fliegen
und sich ihre sonst unsichtbaren Kleider aneinander
reiben. Da die Kleider farbig sind, blitzen sie dann
kurz auf und danach ist die Farbe auch schon
wieder nicht mehr zu sehen. Man nennt diese
Farben auch Polarlichter."

„Kaum zu glauben, was hier im Himmel so los ist",
rief die kleine Schneeflocke. „Das hätte ich ja nie
gedacht. Mensch - ist das cool."

Die kleine Schneeflocke hatte jetzt auch gar keine
Angst mehr, weil sie wusste, dass sich besonders
die Kinder über sie freuen werden.

Liebe Leserinnen und Leser, vielleicht ist unsere kleine Schneeflocke sogar direkt auf einem ihrer Schneemänner gelandet und – liebe Kinder - hat euch beim Spielen zugesehen."

Und auch Schafe fahren gerne Schlitten.

Schafe beim Krippenspiel

Das irische Schaf Bunglass und sein schottischer Schaf-Freund McGregor hatten schon viel von „Weihnachten" gehört, konnten sich aber nicht so recht etwas darunter vorstellen, was das so ist.

Die beiden Schafe waren sehr neugierig, weil die Menschen so viel Aufwand um Weihnachten machen. Bunglass und McGregor hielten Augen und Ohren auf. Sie schnappten viel auf, was mit Weihnachten zu tun hat.

Die Worte „Kirche" und „Christmette" kamen ihnen zu Ohren. Nun hatten die beiden wohl schon herausgefunden, dass eine Kirche meistens einen Turm hat, der weithin sichtbar rief: „Nun kommt schon her zu mir!"

Sie hörten den Turm nicht sprechen, aber ihre Gastgeber, bei denen sie oft zu Besuch waren, erzählten den beiden, dass die Worte eines Turmes eben die Sprache der Glocken sind und diese hörten die beiden Schafe ziemlich oft.

Nachdem der Glockenturm mal wieder „nach ihnen rief", machten sich Bunglass und McGregor auf den Weg. Sie hatten Glück, denn die Tore am Ort der Veranstaltung waren schon jetzt weit geöffnet.

Im Kircheninneren war zu ihrem großen Erstaunen doch tatsächlich eine Krippe aufgebaut, die auch ähnlich aussah, wie sich die Schafe in Büchern bereits schlau gemacht hatten.

Die Krippe war riesengroß, eine sogenannte Ganzkörperkrippe! Alles schien so wie im Original auszusehen. Ergiebig erkundeten Bunglass und McGregor alles, was dort aufgebaut war. Natürlich gefiel ihnen auch das schöne Stroh, das wohl gerade erst frisch aufgeschüttet worden war.

Da hörten sie inmitten ihrer Erkundung Stimmen. Stimmen kamen vom Eingang der Kirche her und wurden lauter!

Kamen jetzt etwa alle die Leute, die sich laut dem schlauen alten Buch „zählen" lassen sollten ?

Was sollten sie jetzt tun? An Weglaufen war nun nicht mehr zu denken.

Nun, schließlich war heute der 24. Dezember. Da ist die Kirche eben sowieso voller als sonst; da kommt man eben schon etwas eher zur Platzreservierung, wie sonst nur am Hotel - Pool.

Bunglass und McGregor beschlossen, bewegungslos zu erstarren. Sie wollten die Sache unbemerkt über sich ergehen lassen. Schließlich passten sie ja auch zum Outfit der Krippe.

Die Kirche füllte sich mächtig und Bunglass und McGregor wurden auf eine harte Probe gestellt. Es ist ziemlich schwer, sich sehr lange nicht zu bewegen. Erst recht ist es sehr schwer, sich nicht zu bewegen, wenn viele Augen auf die Krippe schauen und damit auch auf die Schafe. Und an Weihnachten dauert so eine Messe schon so ihre Zeit.

Irgendwann musste McGregor niesen!

Da gerade ein ziemlich lauter Choral gesungen wurde, waren zwar einige Kirchenbesucher irritiert, schließlich schob man es aber einem Menschen- Niesen zu.   Denn es war Schweine- Grippen - Zeit.

Bei einem weiteren Niesen, diesmal von Bunglass, wurde die Gemeinde jedoch gerade auf Grund der vorher genannten Gesundheits-Tatsache unruhig.

Wohl ansteckend – wie ein Gähnen – erwachte der Kirchenraum zu einer gewaltigen Nies-Stampede.

Der ganze Gottesdienst stand kurz vor dem Abbruch,   so ein Lärm herrschte durch das Niesen – und es schallt ja besonders gut in einer Kirche.

Ein kleiner Junge, der auf dem Schoß des Vaters saß, rief: „ Guckt mal, das Schaf hat sich bewegt!"

Verständnisvolle und milde schauende Mienen in Verbindung mit Streichel-Einheiten über den Kopf waren die einzigen Reaktionen, aber der Junge ließ sich nicht mehr davon abbringen,   hatte er doch noch junge und sehr gute Augen.

Nachdem McGregor dem Kleinen ein Auge zugekniffen hatte, wiederholte das Kind:

„Das Schaf hat sich schon wieder bewegt und mir mit dem Auge zugeblinzelt!"

Der Vater des Kleinen wurde ganz unruhig. Die Menschen in der Kirche selbst wussten nicht genau, ob sie erheitert sein oder im Angesicht Gottes demütig über diese Sache hinweggehen sollen. Man entschloss sich, dass dies alles ja gar nicht wahr sein kann und wendete sich wieder lautstark dem andächtigen Gesang zu.

Bunglass und McGregor hatten das alles ganz aufmerksam verfolgt.

Da die beiden Schafe inzwischen auch nicht mehr länger stillstehen konnten (…hätten sie sich doch am Anfang bloß „ins Heu gelegt"), beschlossen sie, durch einen kurzen stillen Gedankenaustausch die Sache nun selbst in die Hand zu nehmen.

Und die Schafe w u r d e n   l e b e n d i g !

Bunglass und McGregor schritten aus dem Krippenspiel heraus und begaben sich zum Pastor, um die Sache aufzuklären, um für sich um Entschuldigung zu bitten und um gleich die Beichte abzulegen.

Man kann sich wohl vorstellen, wie dies auf die Gemeinde wirkte! Atemlose Stille herrschte, bis Schafe und Pastor die Sache „geklärt" hatten.

Bunglass und McGregor durften für den Rest der weihnachtlichen Christ-Feier in der ersten Reihe sitzen und Christentum nun hautnah erleben.

Das alles war so neu für sie, dass sie nunmehr mit den gläubigen Christen eine ergriffene Gemeinschaft bildeten.

Wenn sie „das" nachher ihren Gastgebern Helga und Wolfgang erzählen - die werden staunend zuhören und sich auch nicht mehr länger wundern, wo die beiden so lange bleiben.

Allerdings das mit dem „Wunder" würde nicht so drastisch ausfallen, sind die beiden doch inzwischen allerhand von Bunglass und McGregor gewohnt.

Den Höhepunkt des gemischten weihnachtlichen Gottesdienstes bildete die Sammlung für einen guten Zweck.

Bunglass und McGregor gingen nämlich mit dem Kollekten-Teller durch die Reihen der immer noch fassungslosen Menschen, die immer noch nicht sehen und hören wollten oder konnten, was sich vor ihren Augen und Ohren abspielte.

Aber gab es nicht schon viele Wunder, gerade auch zur Weihnachtszeit?

Vor allem die Kinder hatten ihren Spaß an unseren beiden Schafen. Noch nie hatte es einen so fröhlichen, abwechslungsreichen und ungezwungenen Gottesdienst gegeben.

Menschen und Schafe trotteten nun nach Hause. Sie hatten wohl auch einiges zu erzählen.

Interessant wäre es sicher, wenn man bei einigen Erzählungen „daheim" dann dabei sein könnte, um die Reaktionen zu beobachten, die dann teilweise – vielleicht auch gerade zu Weihnachten - sehr heftig ausfallen können. (in etwa so: „Ich dachte, dass Du in der Kirche warst und nicht in der Kneipe!")

Nun, auch die Gastgeber der Schafe hatten ihren Spaß und die beiden kennen jedenfalls jede Menge Leute, denen dieses Gastspiel unserer Schafe ebenfalls einen riesigen Spaß bereitet hat.

Und Freude soll man ja gerade zu Weihnachten in großen Mengen ausschütten, **übrigens : nicht nur an solchen Tagen !**

Die folgende Geschichte

„Ein Herz im Winter"

stammt im Grunde

aus meinem 3. Kinderbuch.

Hier

folgt diese Geschichte aufgearbeitet

und passend auch für die Welt der Menschen,

die den Kleinkinder-Schuhen

entwachsen sind.

Ein Herz im Winter

Wenn Wasser in einem Brunnen sprudelt, könnten Menschen denken, dass der Brunnen mit ihnen spricht. Der Brunnen in dieser Geschichte ist etwas ganz besonderes. Der hier kann nämlich wirklich sprechen. Aber nur die Tiere können das auch hören und ihn verstehen.

Vor schon langer Zeit hat der Brunnen mit sich selbst geredet. Das hatte der Kater Tobi gehört, sich gewundert und ihm eine längere Zeit lang zugehört. Als Tobi ihn dann ansprach, da war auch der Brunnen sehr erstaunt, dass Tobi ihn verstanden und ihm geantwortet hat.

Auch wenn der Brunnen ausgeschaltet ist und gar kein Wasser läuft, dann lebt der Brunnen trotzdem und hört, was um ihn herum geschieht. Denn der Brunnen schläft nämlich nie, solange noch die Pumpe eingebaut ist, die dafür sorgt, dass das Wasser so schön hoch sprudeln kann. Die Pumpe ist nämlich das Herz des Brunnens.

Der Brunnen hatte einen langen Sommer lang gearbeitet, also gesprudelt. Der Sommer ging jetzt aber langsam zu Ende. Der Herbst war nahe, und die Nächte werden dann kälter.

Tobi bemerkte, dass der Brunnen in einer Nacht eine etwas andere Stimme hatte, eine Stimme, die sich sehr traurig anhörte.

Und Tobi fragte den Brunnen: „Ich merke, dass du heute traurig bist. Sagst du mir auch warum? Vielleicht kann ich dir helfen, damit du dann nicht mehr traurig bist."

Der Brunnen seufzte und antwortete: „Das stimmt, da hast du richtig gehört, dass ich etwas traurig bin. Ich bin so traurig, weil jetzt der Sommer bald vorbei ist. Dann kommt schon der Herbst, und es wird hier draußen langsam immer kälter.

Wenn es dann langsam zu kalt wird, kommt die Zeit, wo ich nichts mehr hören und fühlen kann. Dann wird die Pumpe, die mein Herz ist, aus mir heraus genommen. Dann merke ich nichts mehr."

Tobi dachte nach, legte seine rechte Pfote auf seinen Kopf, kratzte sich dann hinter dem Ohr. „Nun – mein lieber Brunnen-Freund", sagte Tobi, „das muss leider sein, weil sonst noch schlimmeres passieren kann.   Ich weiß von den Menschen, dass die in allen Brunnen, die im Winter draußen sind, die Pumpen heraus nehmen. Wenn sie das nicht machen, dann kommt der Frost und dann kann auch dir und deinem Herzen schlimmes passieren."

Der Brunnen dachte nach, dann sagte er zu Tobi: „Darüber habe ich noch gar nicht nachgedacht. Aber woher soll ich das denn auch wissen. Das hat mir doch noch keiner gesagt. Was kann mir denn dann passieren?"

„Also", sagte Kater Tobi, „das Wasser im Brunnen und in der Pumpe, also in deinem Herzen, kann zu Eis gefrieren. Alles wird durch den Frost in Stücke zerspringen und dein Herz wäre zerstört."

Der Brunnen hatte aufmerksam zugehört. „Ach - so ist das also! Dann ist das wohl alles in Ordnung, was mit mir passiert. Gut, dass du mir das erklärt hast, Tobi. Dann habe ich auch keine Angst mehr - vielen Dank, mein lieber Freund."

Tobi freute sich sehr, dass er dem Brunnen helfen konnte. Vieles ist eben leichter, wenn man versteht, warum etwas passiert und gemacht wird.

Und zu dem Brunnen sagte Tobi noch: „Mein lieber Freund, bis zum Winter ist ja noch etwas Zeit. Bis dahin werde ich mal bei den Nachbarn etwas herum hören, damit du bis zum Winterschlaf noch eine schöne Zeit hast. Ich werde sehen und versuchen, ob einige Tiere, die hier in der Nähe leben, dich besuchen kommen. Und noch eines, das muss ich dir unbedingt sagen.

Wenn richtig Winter ist, dann hast nicht nur du einen Winterschlaf, wenn die Pumpe heraus genommen ist. Auch viele Tiere machen dann ihren Winterschlaf, schlafen viele Monate lang, bis dann wieder der Frühling kommt und es wärmer wird. Und du weißt ja – dann bekommst du dein Herz wieder eingesetzt, und deine Pumpe kann wieder so herrlich Wasser sprudeln."

Der Brunnen hätte jetzt mit dem Kopf geschüttelt, wenn er das gekonnt hätte. Aber er lachte und schaute Tobi an. „Mensch Tobi, das habe ich alles nicht gewusst. Von dir kann man ja noch eine ganze Menge lernen. Vielen Dank dafür, und schlaf recht schön – bis morgen Nacht."

Tobi legte seine Pfote auf den Brunnenrand, wünschte auch seinem Freund eine gute Nacht.

Zufrieden legte sich Tobi in sein Häuschen und schlief auch lächelnd sofort ein.

Bereits am nächsten Tag hatte Tobi schon einige Frösche aus der Nachbarschaft geholt, die im Brunnenwasser herum tobten und sich mit dem Brunnen Geschichten erzählten.

Und Tobi sorgte dafür, dass es nicht nur beim Frosch-Besuch blieb. Für den Brunnen begann jetzt eine sehr schöne Zeit.

Der Brunnen lernte nun Tiere kennen,   von denen er nie zuvor gehört hatte und die er noch nie gesehen hatte.

Jawohl – auch die zwei riesengroßen Frösche, die am nahen Bach leben, kamen gerne vorbei.

Die sangen dem Brunnen an vielen Abenden ein Gute-Nacht-Lied vor.   Die Frösche konnten auch sehr gute Geschichten erzählen, denn am Bach in der Nähe hatten sie auch schon sehr viel erlebt.

An manchen Tagen, wenn nach dem Regen wieder viel Wasser im Bach ist, so erzählten die Frösche, dann kommen auch Fische geschwommen und sagen ihnen „Guten Tag".

Aber nicht nur Fische kommen. Einige Male ist es passiert, dass merkwürdige Dinge auf dem Bach heran gefahren kamen. In diesen Dingen saßen Menschen, die lange Bretter in den Händen hielten. Die kleinen noch jungen Frösche hatten da ein bisschen Angst. Aber die älteren Frösche erzählten, dass dies Paddelboote sind, die von den Menschen auf dem Bach bewegt werden und dass die Bretter „Paddel" heißen. Diese Paddelboote brauchen nicht viel Wasser, um fahren zu können. Immer wenn eines dieser Boote zu nahe kommt, schwimmen die Frösche und die Fische runter zum Grund. Da sind sie in Sicherheit, und die Paddel-Menschen sind ja auch immer schnell wieder weg.

Der Brunnen freute sich, dass er jetzt so viele neue Freunde kennen gelernt hatte. Und es kamen immer wieder neue Freunde hinzu. So schön alles auch war – die Zeit im Jahr ging immer weiter. Und schon bald war es Herbst. Die Nächte wurden schon ziemlich kalt. Die Menschen holten schon die Gartenstühle und Tische von draußen rein, schnitten schon einige Sträucher, machten alles so langsam „winterfest".

Das sah auch der Brunnen und er machte sich ebenfalls langsam so seine Gedanken. Er wusste, dass die Zeit mit dem Frost so langsam heran kam und dass auch er in den Winterschlaf geschickt wird. Aber bis dahin – so hoffte er – ist noch Zeit und hoffentlich kommen noch viele neue Besucher.

Vielleicht war es ein Glück für den Brunnen, dass die Menschen, auf deren Terrasse er wohnte, im Augenblick keine Zeit hatten, die Terrasse und den Garten ganz und richtig winterfertig zu machen und die Pumpe aus dem Brunnen zu nehmen.

So hatte der Brunnen dann wirklich noch etwas mehr Zeit für Besucher. Und das war auch so, denn Kater Tobi hatte sich alle Mühe gegeben. Jeden Tag und manchmal auch in der Nacht, kam irgendein Tier vorbei, dem Brunnen einen schönen Tag zu wünschen.

Die Menschen hatten schon ein Futter-Häuschen für die vielen Vögel aufgestellt. Denn jedes Jahr kamen ganz viele Vögel und andere Tiere, um sich etwas zum futtern abzuholen, vor allen an den kalten Tagen und natürlich besonders im Winter. Der Brunnen hörte es immer, wenn ein Geräusch um ihn herum war, das er noch nicht so genau kannte. Dann wartete er darauf, dass man mit ihm spricht und ihm sagt, wer gerade da ist.

Zunächst kam ein Eichhörnchen vorbei und holte sich einige Nüsse aus dem Futter-Häuschen.

Und dann besuchten gleich 2 Vögel gleichzeitig das Futter-Häuschen und freuten sich, was man ihnen auch richtig ansehen konnte.

Das Eichhörnchen erzählte, dass es da noch zwei weitere gibt, die nebenan in einer Tanne wohnen. Wenn die Tierchen auf Futtersuche gehen, bleibt aber immer einer zu Hause und passt auf die Speisekammer auf, auf das, was die Tiere schon gesammelt haben.

Die Vögel erzählten dem Brunnen, dass da noch ganz viele andere sind, die jetzt bald die Nachricht hören werden, dass hier wieder – wie jedes Jahr - ein Futter-Häuschen aufgebaut ist.

Dann wird hier wieder viel los sein, ein Geflatter und Gezwitscher, weil sich die Vögel so sehr freuen, dass man an sie gedacht hat, wenn in der kalten Jahreszeit nicht mehr so viel zu essen für sie zu finden ist.

Dafür sind die Vögel dann so dankbar, dass sie die Menschen vor den Mücken beschützen, denn die Mücken gehören im Sommer auch zu den Mahlzeiten, die Vögel sehr gerne essen.

Selbst ein kleiner Hase kommt dann immer mal wieder zu Besuch auf die Terrasse. Denn vom Futter-Häuschen fallen immer auch Körner herunter, wenn die Vögel im Häuschen danach wühlen.

Der kleine Hase wohnt ganz in der Nähe am Bachufer. Er macht nur ein paar Sprünge, und schon ist er beim Brunnen. Der Hase hatte schon oft aus dem Brunnen getrunken, aber dass der Brunnen sprechen kann und nun auch ein Freund geworden ist, das hätte der kleine Hase niemals gedacht. Der Hase erzählte dem Brunnen, dass er eine große Familie hat. Die wohnen alle in einer Höhle am Bachufer. Und von da an wechselten sich alle Hasen der Familie ab, besuchten den Brunnen und erzählten sich Geschichten.

Manchmal kam auch ein Rebhahn vorbei, um den Brunnen zu besuchen. Auch er hatte gehört, dass von dem Futter-Häuschen immer Körner herunter fallen, die auch er gerne isst. Dass man mit dem Brunnen sprechen kann, davon hatte aber auch er vorher noch nie gehört.

Dann passierte es – ganz plötzlich. Der Brunnen hatte über Nacht eine dünne Eisschicht bekommen.

Als der Brunnen am frühen Morgen bemerkte, dass sich das Wasser in ihm nicht mehr bewegte, auch wenn er sich schüttelte, da bekam er Angst.

Er dachte „Oh – Hilfe, wenn jetzt mein Herz zu Eis wird und zerspringt, dann werde ich nie mehr sprudeln. Und dann werde ich meine neuen Freunde auch nicht wieder sehen."

Das hörte ein Specht, der heute schon sehr früh aufgewacht war. Der Specht war nur ein paar Meter weg am Futter-Häuschen und bearbeitete gerade einen Knödel, der ihm gut schmeckte.

Der Specht sagte: „Mein lieber Brunnen, keine Angst, ich kann dir helfen. Sie mal, was für einen großen und harten Schnabel ich habe!" Mit seinem Schnabel hackte der Specht ein paar Mal in das Eis. In nur einer Minute hatte er die dünne Eisschicht erledigt, der Brunnen schüttelte sich vor Freude und das Wasser tanzte wieder in Wellen.

Die Zeit lässt sich aber weder vom Brunnen und auch nicht vom Specht aufhalten. Die neuen Freunde vom Brunnen kamen nach dieser aufregenden Nachricht vom ersten Eis noch einmal alle zu ihm und verabschiedeten sich.

Denn der Winter war nicht mehr aufzuhalten. Schon am nächsten Tag stellten die Menschen Tische Stühle von der Terrasse in den Keller. Sie schlossen auch den Wasserhahn außen fest zu und ließen das Wasser aus dem Brunnen.

Der Brunnen wusste, dass ihm jetzt die Pumpe als sein Herz heraus genommen wird und auch ganz sicher aufbewahrt wird.

Der Brunnen wusste nun aber auch, dass das im Winter so sein muss und freute sich schon jetzt auf das neue Jahr, wenn alles wieder so gemacht wird, dass er seine Freunde wieder erleben kann.

Der Winter war nicht so hart. Die Temperaturen waren nicht so kalt, aber es war eine Menge Schnee gefallen. Der Schnee schmolz aber bald weg, als die Sonne kräftig schien, und der Bach in der Nähe hatte jetzt ganz viel Wasser, war gar kein kleiner Bach mehr – sondern fast schon ein richtig kleiner Fluss mit ganz viel Wasser.

Die Menschen kamen wieder öfter aus ihren Häusern. Sie schauten sich ihre Gärten an, stellten schon ein paar Stühle hinaus. Dem Brunnen wurde wieder sein Herz – die Pumpe – eingesetzt.

Dann kamen auch schon die ersten Freunde und erzählten die ersten Geschichten vom Winter.

Alles war wieder in Ordnung.   Man kann sich sicher sehr gut vorstellen, was hier los war – auf der Terrasse, am Futter-Häuschen, auf der großen Wiese und am Bach.

Und eigentlich ist es doch sehr schade, dass Menschen nur hören können, dass der Brunnen sprudelt.   Zu gerne hätten die doch sicher auch gehört, was ein Brunnen zu sagen hat und so mit seinen Freunden spricht.

Viele neue Geschichten könnte man dann hören. Aber das ist leider nicht möglich.

..... o d e r   e t w a   d o c h ?

Mit viel Fantasie könnte man vielleicht versuchen, den Brunnen zu verstehen.   Und wenn man das hören kann, dann ist es vielleicht auch möglich, dem Brunnen mal eine Geschichte erzählen.

Einen Versuch wäre es doch wert – oder ?

E N D E

So mag sie denn kommen,

die winterliche Zeit.

Wichtig ist doch nur,

dass alle gesund bleiben

und unsere Pumpen auch im nächsten Jahr

immer noch schlagen –

genau wie bei unserem Brunnen –

und hoffentlich noch viele Winter lang.

Vielen Dank, dass Sie mein Buch gelesen haben.
Ich hoffe und wünsche mir,
dass Sie dabei viel Spaß hatten.

Wolfgang Pein

Informationen auch unter:

www :   wolfgang pein bücher

o d e r   wolfgang pein bilder

Nachfolgend befinden sich die Titel und auch die

ISBN-Nummern meiner Bücher, die **bisher erschienen** und in jeder Buchhandlung

in Europa, Kanada und den USA „bestell bar" sind oder auch per Amazon   und   bei weiteren Bestell-Anbietern.

Alle Bücher gibt es   **a u c h   als E - Book**.

Die **Kinder – Bücher** wurden für Kinder, Jugendliche und zum Vorlesen geschrieben.

Schaf-Geschichten mit Johanna

(ein **K i n d e r** - Buch

ISBN 9783848251032)

The adventures of two sheep friends

(in Englisch - ISBN 9783732233328)

Schafe mähen nicht nur Gras

(208 Seiten – **Roman** - ISBN 9783738606584)

Schafe brauchen auch mal Urlaub

(208 Seiten – **Roman** - ISBN 9783739241074)

Schaf-Geschichten aus dem schönen Vinschgau

(Südtirol/Norditalien - ISBN 9783837079241)

Sheep Fight For Freedom

(in Englisch – **Roman** -   ISBN 9783741279713)

vier letzte Tage im Februar

(ein Kriminal – Roman - ISBN   9783743195417)

**Eine falsche Badehose im Haifisch – Becken
kann tödlich sein**

(ein tödlicher Kriminal – Roman aus dem Bereich

der Finanzen und Bilanzen   -   260 Seiten -

ISBN 9783744835091)

Ruhe sanft oder wie ich im Keller endete

(eine A k t e erzählt aus ihrem Leben

- locker und fröhlich erzählt – endlich mal ein
Behörden-Verfahrens-Gang, den jeder versteht, -
ISBN 9783744895286)

Irland und ein etwas anderes

Irisches Tagebuch

(ein farbiger Reisebericht -

ISBN 9783744837996)

Schottland und ein „etwas anderes

Schottisches Tagebuch"

(ein weiterer farbiger Reisebericht -

ISBN   9783746012582)

ein tödlicher Workshop

(ein Kriminal – Roman aus einem Literatur-Camp -

ISBN 9783746037028)

Sorry, leider kann ich nicht vergessen

(ein Kriminalroman um gebrochene Versprechen -
ISBN 9783752835533)

Ferien beim Froschkönig

(ein **Kinder** - Buch -

ISBN 9783746093185)

Manchmal sind Pläne für die Katz

(ein Justiz - Thriller -

ISBN 97837528863)

Von Ameisen in Gefahr und

einem sprechenden Brunnen

- ein **Kinder** - Buch

ISBN 9783746093185)